KB128225

상사화

님이 스쳐 가는 곳이면 어디라도 달려가서
그 흔적 담아두고 싶었습니다

- 본문 「님에게 스쳐 간 바람」 中

바른북스

시·인·의·말

그때 그 사랑을 잊지 마세요

누구나 마음속에 간직한
사랑 하나쯤 있겠지요.

지금 멀리 있거나
함께하지 못하더라도
그때만큼은 빛나는 꽃이었겠지요.

이따금씩 아프고 서럽더라도
눈부신 그날을 기억하세요.

오래 참는 것
성내지 않는 것
무례히 행치 않는 것

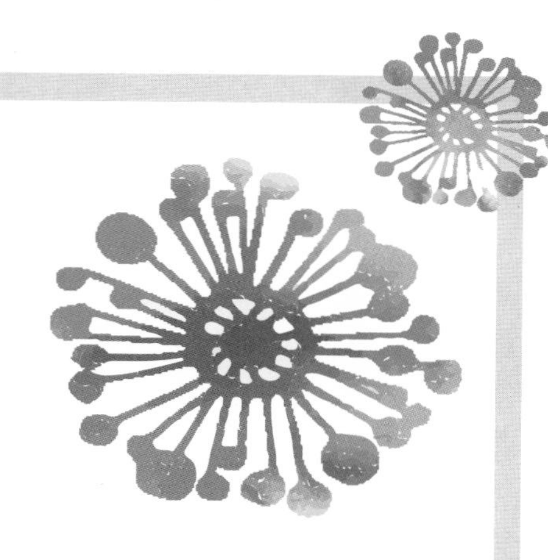

자기의 유익을 구치 않는 것
악한 것을 생각지 않는 것
믿고 바라는 것
이 모두가 사랑이라 했으니

하루하루 잃어버린 사랑을 찾아서
애틋한 여행을 떠나보세요.

당신으로 하여금
세상은 아름다워질 테니까요.

2022년 어느 봄날
임승진 드림

목차

상사화(相思花)

비밀상자

나머지 사랑

오월의 신부

뿌리 깊은 인연

난생처음이야!

상사화(相思花)

제1부

–

언제나
변함없는 그 빛깔
가슴에 가득하니 괜, 찮, 다

짝사랑

동녘 하늘에

붉은 저 구름

저녁노을 바라보며

가슴만 뜨겁게 타네

달밤에

내 마음 같은 이를

어디선가 잃어버리고

달이 뜨면 찾을 수 있을까

어스름 고샅길 더듬어 보네

두물머리

느티나무 그림자
자욱한 강나루

물안개 흐르는
깊은 강물

소리 없이 걸어오는
푸른 발자국

물빛에 어리어
젖어 드는 두 마음

그리움

마른 나무 가지에
스치는 바람

그님의 자취인 듯
울리는 가슴

흔들리는 잎새마다
아픔 젖는데

등 뒤로 귀 기울이며
돌아서는 오솔길

누가 그리워하라 했는가

잎새에 이는 바람결에
아릿하게 젖어 드는 황금빛은

부서지는 햇살 가장자리에 떨어져
차가운 거리 위로
뒹굴어가는 낙엽이듯

모든 이가 제 갈 곳으로 돌아가는 시각

푸르름도 채워주지 못해
그리움에 어지럽기만 한 석양이여

때늦은 듯 숨으려는
침묵도 외면한 채
하나 둘 밝혀가는 가로등을
누가 애타게 그리워하라 했는가

사랑은 어디에서 오는가

메마른 대지 위에
소리 없이 스며드는 이슬비련가
차가운 수면 위에
온기로 퍼지는 물안개련가

헐벗은 나무
땅속 깊이 호흡을 머금고
떠오르는 햇살
물결 위에 반짝인다

작은 물줄기 강물 되어 흐르면
물길 따라 내 마음
어디까지 흐르련가

기쁨이 파도를 일으키며

휘파람소리 허공으로 소용돌이칠 때

피었다가 지는 꽃잎의 흐느낌으로

목마름을 적시는

사랑은 어디에서 오는가

늦바람

노랗게 차려입은
키 큰 은행나무
대문 밖에 서서
누굴 기다리는지
국화향기 가득한
안마당 기웃거리나

우물곁에 앉아있던
저 단풍나무
가슴에 묻히는
아픔일랑 어이하려고
붉은 치마 두르고
어딜 가려고 하나

첫사랑의 향기

눈앞에
화사한 꽃을 두고도
다른 향기를 느낀다

가슴 한편에
영영 시들지 않는 꽃

낯선 거리에서
언뜻 스쳐 가는
익숙한 기억 때문에

꽃비가 내리는 날엔
나도 모르게
벚나무 숲으로 간다

꽃무릇, 네가 피면

갈래갈래
타는 듯 갈라진
너의 입술을 보면 마음이 쓰려

기다림을 넘어선 기도가
아득한 저편 숨결에
미처 가 닿지 못하네

네 목숨 주고
치성을 드려도 이룰 수 없는
하늘의 뜻

서리서리
붉은 꽃잎 피울 때
핏빛으로 서리는 아픔을 어찌하리

안개 속에서

보고 싶어도
볼 수 없으면
마음속에 담아두고

보고 있어도
알 수 없으면
묻지 말고 침묵하자

바람 머문
숲속에
가랑잎 젖거들랑

비어있는
풍경 속엔
적요만 채워 넣자

참사랑

첫사랑은

황홀하지만 어설프고

풋사랑은

설레지만 서투르고

짝사랑은

홀로 겪는 가슴앓이지만

참사랑은

미완성이어도 아름다워!

상사화(相思花)

만날 수 없어도 괜찮다
마음 닿아 있으니

혹여,
잊고 있어도 괜찮다
고운 모습 기억하고 있으니

기약 없는
짝사랑이라 해도

언제나
변함없는 그 빛깔
가슴에 가득하니 괜, 찮, 다

내 님의 사랑은

이번 生에서
나를 나만큼 알아주는 이 있을까?

그가 나인 듯
내가 그인 듯

말하지 않아도 알 수 있어서
묻지 않아도 다 보이고
다 보여도 묻지 않아

그 맘이
내 맘이라면

물 흐르듯 막힐 게 없고
하늘만큼, 땅만큼
보기만 해도 아까울 텐데

만약

그럴 수 없다면

다음 生을 기다려볼 수는 있을까?

사랑한다는데

사랑한대
나를?

사랑한대
얼마나?

사랑한대
언제까지?

말만 많은 건
믿을 수 없어

아까워하지 않는
그게 진짜야!

상사화(相思花) 2

그립단 말도 못 하고
소리 내어 울지도 못했소

죽을힘으로 찾아왔어도
이룰 수 없는 사랑

뜨거운 여름 홀로 보내고
갈빛 따라 스러지면

언 땅에서 떨고 있다가
산들바람 불 때 다시 오겠소

비밀상자

—

당신에게도
담아두고 싶은
사연 하나쯤 있겠지요

동백꽃

저리도 붉은 빛깔은
죽음보다 더 뜨거운 사랑

검붉게 사위는 게 싫어서
시들기 전에 타오르는 꽃

사나운 북풍 너머로
피어난 불꽃이기에

봄날 이르기 전
선홍빛 순정 통째로 바친다

사랑니

꼭 필요하지도 않다는데

구석에서 열병 앓는 못난이

그 자리 떠날 수도 없지만

꼭 해볼 만한 사랑이 있다

무정한 입맞춤

낯선 이의 입술에

황홀해진 종이컵

밑바닥 단물까지 송두리째 주었으나

이내 버림받고 말았네!

어떤 이야기

이 세상에 그토록
많은 노래가 있는 건
이룰 수 없는 사랑이기 때문

잊으려야 잊을 수 없는 그리움으로
막을 수 없는 눈물을 위로함이지

이 세상에 그토록
뜨거운 눈물이 있는 건
끝내 잊지 못할 사랑이기 때문

은밀하게 빛나는 인연으로 묻어두고서
눈 감을 때까지 아프게 기억함이지

그래서 그렇게 수많은

노래와 눈물이 세상을 덮어도

세월 따라 마음 따라

길고 긴 강물을 만들어가는 거야

연인

그대와 나는
한 몸에 속해있는 두 팔이요
한 가슴으로 호흡하는 박동이라

뜨거운 입김으로
하늘 닿도록 언약 맺고 져
잠시 맞잡지 않은 순간마저
안타까워함은 어쩐 일인고

타는 피가 끓어올라
이 손끝에서 저 손끝으로
휘감길 때에도
부딪치는 눈길마저 서러워서
젖어 들까 외면하지 말아 주오

머리카락 사이로

그림자도 없이 부서지는 빛

맞닿은 눈이 나뉘어 있으되

한가지로 바라봄이

그대와 나는 하나임 이러라

비밀상자

당신에게도
담아두고 싶은
사연 하나쯤 있겠지요

말하고 싶어도 차마 하지 못한 말

당신에게도
간직하고 싶은
인연 하나쯤 있겠지요

만나고 싶어도 차마 헤어지기 두려워

사는 동안
말하지 못하고
만나지 못해
두고두고 가슴에 박혀있는 응어리

밤하늘의 별로 돌아가는 날
끝내 지워지지 않아
심장 끝에 매달고 가는
까아만 그리움 당신에게도 있겠지요

누에고치

지금은
단단하게 싸여있는 껍질이지만
비단실이 될 날 기다립니다

하루하루
뽑아 올린 연약한 숨결
고이 풀어 감싸줄
부드러운 옷감 짜드리렵니다

그날이 오면
끊어지지 않을 인연
베틀에 걸어놓고

긴긴밤 지새우며

물들어간 그리움

날실씨실 향기롭게 엮어

꿈결 같은 날개옷 지어드리렵니다

꺼지지 않는 촛불

어렴풋이 스쳐 가듯 만났던 두 사람
언젠가는 한 번쯤 보고 싶었다지만
헤어진 지 20년 지나 언뜻 만났다

먼발치에서도 한눈에 알아본 익숙한 모습
흘러간 세월만큼 바래버린 머리칼이
바람처럼 건너온 시간들을 비추고 있었다

서로의 가슴 뒤편
꽁꽁 잠가두었던 문 슬며시 열어보면
언제든지 촛불처럼 타고 있었다던

그 20년 거듭 흘려보내고
이따금씩 아프게 들여다보는 깊숙한 방
꺼지지 않는 촛불은 지금도 빛나고 있을까

홍단풍(紅丹楓)

날 때부터
붉은 옷 두르게 된 것은
너의 죄가 아니야

가슴에 주홍 글씨 새긴다 해도
부끄러워하지 마
너의 잘못이 아니야

살아 있을 때
가장 빛나는 일이란
목숨 다해 사랑하는 것

소나기 속에서
핏빛으로 물든 이파리
칼바람 몰아쳐도 결코 시들지 마!

울어본 적이 언제던가

슬프면 그냥 울었고
아프면 참고 울었다

미우면 소리죽여 울었고
분하면 고함질러 울었다

울고 나면 후련해져서
왜 그랬는지 잊기도 했지만

먼 먼 그리움 밀려오면
속으로 내내 울어야 했다

첫눈 내리는 날이면

반가운 손님 오시는 듯
꽃 같은 눈송이 사뿐히 날아오면
뛰는 가슴 안고 밖으로 나갔지

우산 없어도 상관없이
손에 받아든 얼음꽃 녹아내려도
청춘은 늘 그대로 있을 줄 알았지

꼭 만나야 할 사람 아니었어도
얼굴 마주치는 대로 겨울연인이 되어
거리를 헤매던 젊은 날이여!

첫눈 내리는 날이면
다시 만나자고 했던 희미한 약속
지금은 어디로 갔는지 보이지 않네

봄바람

나들이 준비로
화창한 들녘이 떠들썩하다
앞뜰에 목련꽃
송이송이 하얀 등불 걸어놓고
뒷동산에 조릿대
흥겨운 춤판 벌이고 있다
산골짝 골바람 일자
연분홍 진달래
치맛자락 여미며 얼굴 붉히는데
풀섶에 날아든 흰나비
짝 찾아다니느라 날개 떨어지겠다
너도나도 봄맞이로 분주할 때
숲속에 쌓인 마른 잎들
마음 들떠 얼싸안고 부벼대면
아서라!
봄바람 핑계로 불장난 벌일라!

겨울비로 오는 님

가지 끝에 단풍잎
홀로 달랑거리고

젖은 구름 흘러
하늘 무거운데

기다리는 마음
언제나 그 자리

깊어가는 그리움
달래주고 싶어서

쌓인 눈 녹듯
겨울비로 오시네

異牀同夢

같은 꿈을 꾸기에
같은 시각 아니어도
같은 장소에 있다

누군가 있던
그곳에 있으면
하나의 눈으로
보고 있음을 느낀다

무엇을 보든
하나의 마음이기에
멀고 가까움이
장벽이 되지 않아

그 장소에서

그 순간 아니어도

같은 꿈을 꾼다

수신확인

고대하던 소식 보내고 나면
바람 한 점 없어도
높이 세운 안테나가 흔들린다

벌써 당도해야 할
서신 자꾸만 지체되어
길어질 대로 길어지는 모가지
흔들지 않아도 자꾸 기울어진다

오뚝이처럼 일어서는 기다림
이제나저제나 헤아리다
주저앉는 체념의 연속이지만

마침내

받았다는 신호 켜지면

좁아진 마음속에

보이지 않는 미풍이 휘몰아친다

나머지 사랑

제3부

—

그 남은 여백마저 요구하지 마라!
진정 침범하지 말아야 할
그 부분이야말로
끝까지 남아있을 사랑이 될 테니까!

해무(海霧)

한없이
넓은 줄만 알았건만

한 치 앞도
보이지 않는 바다

그 품에
안기고 싶었건만

그의 가슴은
종이배도 띄울 수 없는
살얼음판이네

야속한 사람

아프다고 하면
어디냐가 아니고

왜냐고 말하는
당신!

눈동자

바람이 스쳐도
흔들리지 않는 호수

감추고 싶은 그림자까지
다 비추이는데

너무 맑아 훤히 들여다보이는
마음속 세상

그대 가슴에 이는 파문
어찌 숨길 수 있으리

니가 날 사랑하니?

두 손 맞잡고 걸을 때에는
끝없는 동행인 줄 알지만
미미한 바람결에도
파문 일어 흔들리는 마음

믿지 못해
돌을 던져보는 어리석음으로
잡은 손 놓치지 않을 수 있겠니?

심장 찢어질 것 같아도
연모하는 마음 잃지 않으며
보이지 않는 것일지라도
끝까지 바라봄으로
기뻐할 수 있을 만큼

모든 것을 참고
모든 것을 믿고
모든 것을 바라면서…

목숨을 버린다 해도
아깝지 않을 만큼
니가 날 사랑하니?

장마

무순 화가 저리 쌓였기에
줄줄 우는 것일까
짐짓 식히는 듯 잠잠했다
쏟아지는 장대비

떠내려간 세월 애통하고
끝내 저버린 정분 사무쳐서
가슴치고 땅을 치며 통곡하네

눈부신 햇살로 분칠하고
높은 담 넘어 골목 사방에
짙은 향기 흩날리던
장미화 어디로 갔더냐

타오르는 정념도 한때인 것을

가시마다 맺힌 서러운 눈물

길 따라 냇물 따라

쉴 새 없이 쏟아지네

옹기 항아리

깊은 사랑이
하룻밤에 이루어지랴
짓이겨진 인내로 곱게 빚어
꽃불에서 태어난 옹기 항아리

뽀얗게 분 바르지 않아도
윤기 나는 아름다움
무엇이나 담아주는 넉넉한 품 안에서
질박한 사랑이 쉬어간다

오래오래 우러나
깊어지는 간장, 된장, 고추장
감칠맛 나게 삭은 젓갈이
할머니 손에서 어머니 정성으로
여인의 삶이 곰삭는다

달그림자 머무는 우물가
장독 위에 밤이슬 내리면
사무친 기다림
삭고 삭은 정으로 익어간다

나머지 사랑

포옹하려 할 때
그의 가슴을 정면으로 안을 수 없다
키스하려 해도
그의 얼굴을 똑바로 포갤 수 없다
다만,
눈을 맞추며 가까이 다가가
부딪치지 않도록 고개를 비껴
부드러운 입술을 찾을 뿐
뜨거운 가슴 통째로 품고 싶어도
그의 얼굴만큼은 어깨 너머에 남겨두고
두근거리는 감촉만 담아두어야 한다
아무리 가깝게 밀착되고자 해도
꼭 허용해야만 하는
공백은 정복할 수 없어
하여,
그 남은 여백마저 요구하지 마라!

진정 침범하지 말아야 할

그 부분이야말로

끝까지 남아있을 사랑이 될 테니까!

목소리

하고 싶은 말 있어 향하는 마음

얼마나 간절하면 귓가에 닿았을까

듣지 않으려 마음 닫아둔다면

찾아갈 길 멀기만 한데

온 영혼 기울여 부르는 소리

가슴 열어 들어주면 좋겠네

다음 生

다음 生에도
다시 만나고 싶다는 말은
더없이 사이가 좋다는 말

다음 生엔
만나고 싶지 않다는 말은
상처받고 행복하지 않다는 말

일평생
짝으로 살아가는 일이란
부딪치며 맞춰가야 하는 일이라

다시 만나고 싶어 한들
서로 어긋나기만 한다면
무슨 수로
거듭된 인연 만들 수 있으려나

사랑하는 사람들

서로 사랑하는 사람들은
보이지 않아도 느낄 수 있고
말하지 않아도 들을 수 있지

듣지 않아도 알 수 있고
묻지 않아도 볼 수 있지만

함께할 수 있는 것이
아무것도 없게 되더라도

슬프게 무너지지 않는 것은
그리워하는 힘으로 살기 때문이야

절망보다 강한 것

누군가를 기다려도
정한 때까지 오지 않으면
조바심 갖지 말고 마음 내려놔!

오지 못하는 건
오는 길이 너무 멀거나
올 수 없는 사정이 생긴 거야

기다림을 넘어선 근심이
가슴 속으로 파고들어
부질없는 절망을 키우려 하네

절망보다 강한 건
끝까지 믿어주는 힘
더 작아지기 전에 기다리지 마!

아까울 게 뭐랴?

소유하지 마라
괴롭다

사랑하지 마라
아프다

내 마음 알아주지 않아도
원망할 수 없기에

바라지 마라
그래야 평화롭다

오직
자유하기를 바랄진대

있는 거 다 준다 해도

아까울 게 뭐랴?

못난 사랑

마주 보고 웃고
마주 앉아서 먹고
손잡고 함께 걸으면
다 알 수 있을까?

안다는 신념으로
의심 없이 바라보면
보여주지 않는 속내까지
다 알 수 있을까?

다 알게 되면
지옥에 떨어질지도 몰라
차라리 믿고 싶은 대로
눈 감고 사는 게 낫지

다 알 수는 없지만

알아도 모르는 척

보이는 대로 믿으면서

못난 사랑으로 사는 거야

빈털터리 사랑

사랑을 하게 되면
깊은 마음 나누고
따스한 체온 나누고
가락지에 정을 새기는데

사랑이 어긋나게 되면
마음은 지옥 같고
만날 수도 없이
절망 속으로 침몰한다

사랑은 어디로 갔을까?

싫어서도 아니고
잡을 수도 없어서
잊고 돌아서야 한다면
남아있는 건 무엇일까?

사랑을 할 땐

세상 다 얻은 듯하지만

끝까지 지키지 못하면

비어있는 가슴에

버려야 할 것만 쌓인다

사랑의 계단

사랑에도 단계가 있다

처음엔 바라보기…
다음엔 다가가기…
그다음엔 배려하기…

가도 가도 끝이 없는 길
숨이 차면 쉬었다 가더라도
포기하고 돌아선다면
평생 후회하게 되지 않을까?

잘못된 것이 있다면
돌아보고 다시 시작할 수도 있는데
끝이 보이지 않는 사랑의 계단
지금은 어디쯤 와있는 걸까?

제4부

오월의 신부

잔잔한 향기 속에서
달빛보다 그윽한 신부여!

짧은 봄, 짧은 밤이
꿈속보다 길어요

사랑하는 법

좋아한다면
원하는 대로 주어라

사랑한다면
필요한 대로 주어라

별빛 사랑

밤하늘에 빛나는
무수한 별

연인들의 가슴마다
싹트는 사랑

그대 향한 마음
별만큼 담아

은밀히 오시는 길
환히 밝히리

찐빵

밀애를 나누는 솥 안에서

모락모락 피어오르는 열기

빵빵하게 부풀어 오를수록

절정으로 차오르는 달콤한 맛!

돌탑

네 마음에 내 마음 얹어
품었던 소원 빈다

내 마음에 네 마음 얹어
또 하나의 소망 쌓아놓는다

알록달록한 숲을 건너와
맑은 물 지나는 개울 옆에
고이 쌓아 올린 불변의 염원

잠시,
입었다가 벗어놓는 치맛자락인 양
만산홍엽(滿山紅葉)처럼
그렇게 속절없이 변하지는 말자

깊은 산속
변치 않고 서있는 소나무처럼
언제나 푸르게 살기를

내 마음에 네 마음 얹어
굳은 약속 손가락 건다

네 마음에 내 마음 얹어
크게 자라는 꿈나무 심어둔다

연도교

기다리는 세월 아득하여
바라보는 마음
까맣게 타버린 갯벌이 되었다

빤히 보이는 눈앞에 있어
손 내밀어 잡으면
품 안으로 안겨올 것을
타들어가는 가슴
하루에도 몇 번씩 바닷물로 채운다

늘 곁에 있는 것이 좋아
큰 섬 곁에 작은 섬
그 사이에 품은 개펄에서
숱한 생명 길러내도 좋겠으니
갈매기 내려앉는 바닷가에 집이라도 짓자

아침에 일어나면
찰랑이는 파도로 얼굴 씻어주고
밤마다 곁에 누워 별을 헤면 좋을걸

헤어져 그리워하느니
늘 함께 있고 싶어서
누구라도 끊지 못할
긴 다리 걸쳐놓고 너에게로 간다

너도 천사였음 해

죄인의 이름으로 살지 않으리

태어날 땐
빛을 두르고 세상에 왔지
마음 커지면서 생겨난 거짓과 이기심
의심과 불평이 가지를 뻗어
타락의 길로 걸어갔어

이미, 순결한 나무엔
교만한 열매가 달리기 시작했네
악의 유혹은 땅을 파고들어
계속 마귀 자식들만 태어나
남자는 여자 때문에 울고
여자는 아이 때문에 울고
원망과 슬픔으로 하늘은 어두워졌어

눈물로 넘쳐나는
강가에서 기다리던 나룻배가
돌아오는 생명을 실어 건너가려 하네
주저하지 말고 저 강을 건너가
고통을 씻어주는 노래 들어보지 않으련?

너를 향한 미움 아래
무릎 꿇고 용서를 빌으리
붉게 얼룩진 옷은 벗어버리고
살아있는 목소리 되찾아
천상의 노래 부르지 않으련?

어둔 밤이
깊어지기 전에 빛 속으로 들어가
너도 천사였음 해

점 하나 찍고

숱한 시간 흐르고 흘러
옛사람 흔적은
그림자도 찾아볼 수 없네

광대한 우주 한복판 지구성(地球城)에서
나는 티끌보다 희미한데
살아있는 자
아무리 긴 세월 견뎌봐도
그 생명 영원하지 못하네

땅 위에 누워있는 갈잎은
얼마를 돌고 돌아
봄날 새순으로 돋아나고 싶어 하는지
지난해 떨어진 꽃자리에 피어난
꼭 닮은 미소가 나를 설레게 하네

그렇듯
짧은 만남도 기쁨을 주는데
너와 내가 함께한 인연은
얼마나 선명한 점 하나로 남을 수 있을까

지팡이

혼자서는

서지도 못하면서

한 사람을

거뜬히 업고 갑니다

복사꽃 피면

벌 나비 날아들어
흥겨운 햇살 아래
청춘 남녀 눈길에도
열꽃 일었다

발그레해진
처녀의 뒤를 쫓아가는
사내의 잰걸음이
날아갈 듯 펄럭인다

여기저기 붕붕거리며
집적거릴 때마다
탐스런 복숭아 단물 들 테니
꽃술이 좋아서 진저리 친다

사랑의 글자

바닷가 모래밭에

그려놓은 연인의 이름

여자의 이름은 한글

남자의 이름은 영어

밀려오는 파도가

흔적 없이 지워버려도

한마음으로

새겨놓은 사랑의 약속

당신을 사랑하는 건

내가 당신을 사랑하는 건
달리 멋있어서도 아니고
남다른 매력이 있어서도 아닙니다

특별히 능력이 많아서도 아니고
값비싼 선물을 주어서도 아니고
친절하게 잘해주기 때문이어서도 아닙니다

당신이 때로 불평하고
알 수 없이 화를 내기도 하지만
그것이 사랑하지 못할 이유는 아닙니다

김씨가 됐던 이씨가 됐던
내 곤고한 생애에서 만나 함께한 사람
바로 지금,
내 곁에 있는 사람이기 때문입니다

오월의 신부

- 백모란

어둠 속에서 더욱 빛나는
오월의 신부여!

순결한 드레스 단장하고
가까이 오세요

활짝 핀 황금면류관이
꽃잎보다 화사해요

잔잔한 향기 속에서
달빛보다 그윽한 신부여!

짧은 봄, 짧은 밤이
꿈속보다 길어요

목련이 피면

목련이 피는 계절
봄바람 몰려가는 언덕 아래
새하얀 꽃송이가 눈을 뜬다

가지 끝까지 맑은 잎
눈부시게 피어났어도
나들이하기엔 아직 이르다

소곤대는 햇살 아래
부풀어 오른 가슴 여미듯
수줍게 내걸린 여자의 속옷

어느 누이의 부끄러움인가
순결한 이파리 떨어질세라
남모를 사랑이 유혹을 한다

레모네이드 사랑

풋풋한 시절
우리는 가난했던 연인들
햇살 따끔거리는 골목 안 찻집에서
레모네이드 한잔 주문하고 마주 앉았지

얼음 가득 채워진 유리잔에
두 개의 빨대를 꽂고
바라보는 눈길마저 달콤했던 날
새콤한 음료 홀짝거리며
감미로운 석양 기울도록 단꿈을 꾸었지만
누군가를 만나서 한마음이 되려는 길은
속속들이 녹아져야 한다는 걸 미처 몰랐네

하나의 컵 안에서
두 생각이 충돌하는 동안
신맛이냐 단맛이냐 으르렁거리다 보면
꿈같은 행복은 물 탄 듯 묽어져버리고
그 상큼했던 만남이
점점 떫어지는 걸 모르고 있었지

투명한 유리잔 밑바닥 보이기 전
사이다 같은 미소 자꾸만 섞어야 했던 건
서로에게 청량제가 되고 싶었던 갈망
쩔쩔매던 어설픔이 레몬즙순정이었음을
짜릿한 거품 다 빠져버린 후에야
비로소 알게 되었네

무엇을 더 바랄까

- 결혼 40주년에

아들 나이 마흔이니
결혼한 지 40년 흘렀다는 얘기다
하얀 면사포 두르고
미래를 약속하던 그날
지난 밤 꿈속의 일만 같다

강산이 네 번 바뀌는 동안
변한 건 아이들 장성한 만큼
따라서 내 육신 삭아져 버린 것

산들바람에 코스모스 피던 날
꽃다운 새색시처럼
불꽃 같았던 마음은 예전 그대로인데
세상을 네 번씩 뒤집으면서
고마운 것도 많고
미안한 것도 많다

이제 무슨 욕심 더 가지랴
이것 아니면 저것으로
지금 아니면 다음으로 미룰 수 있게 된 것은
더불어 살아오며 얻은 여유 아닐까

앞으로 50주년 넘기고
또 60주년 맞게 되더라도
고단하면 고단한 대로
아쉬우면 아쉬운 대로
화평한 나날이면 무얼 더 바라랴

제5부

뿌리 깊은 인연

미리 예정된 것처럼 만나
뿌리 깊은 인연 되었으니
덧없는 세월 흐른다 해도
셈할 수 없이 감사한 일이다

반달

허공에 던진 님의 옥 빗이
아직도 그 자리에 걸려있네

옛 님의 시향(詩香)[1]
날이 갈수록 사무쳐

깊어지는 그리움
가득 차 비우려 해도

절반만큼은 그대로 남아
잠 못 드는 밤 비추고 있네

---

1 황진이의 시(詩)

수평선

하늘 아래 가장 낮은 자리에서
일어설 줄 모르고 누워있습니다

아무리 멀리 떨어져있어도
눈에서는 결코 멀어지지 않고

잡힐 듯 마주 보는 거리지만
닿으려 해도 닿을 수 없어

한순간도 외면하지 못하고
바라만 보다가 영원으로 흐릅니다

늦매미

떠날 때가 임박해서
더 크게 운다

짧은 노래가 서러워서
애달프게 운다

목 터지게 외치고 나서
뼛속 깊은 사랑 새길 수 있으면

너처럼
그렇게 울고 싶다

다시 볼 수 없다 해도

- 피천득 님의 〈인연〉을 읽고

차라리 만나지 말았으면 좋았을걸

그녀를 처음 보았을 때는
귀여운 스위트피(sweet pea)[2]처럼
아침을 반겨주던 어리디어린 소녀였지

두 번째 만났을 때는
환하게 피어난 목련꽃 아래
미래의 꿈을 그리며 함께 걸었는데

세 번째 찾아갔을 때는
백합꽃 같던 얼굴 창백하게 시들어
오히려 아니 봄만 못하게 되었지

---

2 스위트피(sweet pea): 장미목 콩과의 덩굴식물

먼 길 떠나왔어도 보고 싶은 소녀여!

사랑스런 그 모습
다시 볼 수 없다 해도
세월에 파묻힐수록
청순했던 미소는 영영 잊지 못할 거야!

生日 아침에

어머니!

세월 무상해서 제가 벌써 예순아홉이라네요

아침부터 아들 며느리 축하인사 보내오고

딸은 미리부터 맛난 음식 챙겨주었기에

감사하고 먹먹한 아침을 맞이했어요

어머니!

겨울 중에서도 가장 춥다는 대한

무릎까지 쌓인 눈 속에서 산고를 치르셨다지요?

미처 다 성숙하지 못한 어린 몸으로

어찌 그 눈물겨운 생산을 감당하셨는지요?

병치레 잦은 맏딸 걱정에

고단한 직장생활에 지칠까

빙판길 마다 않고 한약 다려다 주시고

이 나이 되도록 약을 챙겨주시는 그 정성

자식 낳고 키우느라 내 일만 바빠서
어머니 허리 굽은 것도 모르고
그리 곱던 얼굴에 주름만 남아있는 걸
이제야 애달파 가슴 찢습니다

어머니!
당신의 전신이 부서지는 희생으로
연약한 자식 험한 세상 무사히 살아냈습니다
당신의 그칠 줄 모르는 지극한 기도로
늦게나마 큰 고통 없이 지내고 있습니다

당신의 반의반만큼도 갚지 못하는 은혜
불편하신 몸이지만 잘 지탱하셔서
오래오래 저의 앞에 계셔주세요
하루하루가 위로의 날이 되길 기도할게요

가족사진

빛바랜 사진 속에서
그리움을 확인한다

두 사람이 세상을 떠났고
새로 생긴 가족이 일곱
떠나보낸 슬픔보다
새 생명을 맞이한 기쁨이 더 짠하다

세월 흘러도
이름은 그대로인데
얼굴은 그대로가 아니어서 가슴 저린다

떠난 사람 그리워하기도
지쳐가는 나이
퇴색되어가는 흔적 들여다보며
일찍이 다정하게 대하지 못한 게
목구멍에 가시처럼 걸려
소리 없는 통곡으로 불러본다

아버지…
그리고…
새삼 이렇게 보고 싶은데
왜 더 사랑하지 못했을까?

강아지의 하느님

기르던 강아지가 말썽을 피우면
화내고 벌주고 굶기기도 한다

그래도 강아지는 물색없이
주인을 따르고 순종하는데
진정으로 보살피고 가르치면
세상에 나쁜 개는 없다고 한다

사람이 반항하고 나쁜 짓 했다고
곧바로 응징당하고 벌받게 된다면
그래도 끝까지 神을 의지할 수 있을까

생명을 아끼는 자는
살아 있는 것을 존중하여
스스로 깨우칠 때까지 기다려 준다

아무런 조건 없이

사랑받기 위해 태어난 반려견

그들의 하느님은 바로 보호자이다

보호자는 결코 두려운 존재가 아니다

그냥 두어라!

마당 한구석
언제 어디서 날아왔는지
바위틈 비집고
얼굴 작은 국화가 꽃을 피웠다
하얀 꽃이 음전하기도 하여
그대로 두었더니
가을 내내 가녀린 미소 보내주었다
겨울 지나고 새봄 오자
잊지 않고 싹을 틔운 국화
무성하게 뻗는 잔가지 때문에
뽑아버릴까 하다가
그냥 두어라!
무슨 사연인지 해마다
하얀 꽃다발 안고 찾아오는 걸
그 처량하고 슬픈 얼굴
들고나며 한 번 더 보아주자꾸나!

아직도 모른다

아내는
뒷주머니 찰 줄 모르고

남편은
쌈짓돈이 있을 거라 여긴다

수십 년
함께 살아왔으면서도

생각이 다른 것을
아직도 모르고 있다

이별 연습

우리가 언젠가는
정든 이와 마지막 이별을 해야 할 때
슬픔으로 무너지지 않도록
미리미리 연습을 해두자

영영 잊혀지기 전에
깊이 간직한 情 하나씩 꺼내어
그 빈자리 쓸쓸하지 않도록
매일매일 기억 쌓는 연습을 하자

바라는 것을 말하지 못하고
서로의 뜻 알아주지 못해 애태웠어도
마음에 접어둔 추억 한 자락
지워지지 않을 무지개로 걸어놓고서

떠나는 걸음 홀가분해질 수 있도록
살아있는 날 동안
지난날 버리지 못한 미련들
돌아보지 말고 비우는 연습을 하자

봄은 오는데

세상에 흐르지 않는 게 없다
시간 흐르고
바람 흐르고
잊히는 약속처럼 왔다 가는 봄

그럴지라도
너도나도 살아나서
쑥쑥 자라고
힘 다해 꽃피웠다가
떠날지라도 사랑을 하지 않는가

세상에 변하지 않는 게 없다
아이는 어른 되고
꽃은 열매 되고
때가 되면 생기 잃어
낙엽으로 떨어져 사라지지 않는가

고운 님 보내기 서럽고

찾아오는 길손 반갑지만

추억으로 지나가는 봄

오는 것도 가는 것도 아깝기만 하다

뿌리 깊은 인연

어느 오솔길에서
우연이 아니게 만난 꽃 한 포기

그 꽃은
시들 줄 몰라서
나날이 새잎이 돋고
빛깔 선명한 꽃잎을 피운다

그런 신기한 꽃이 있을까?

산다 해도 영원할 수 없고
자란다 해도 한편으론 시들어 가는데
보면 볼수록 새롭고
알면 알수록 아름답다

그런 귀한 일이 또 있을까?

미리 예정된 것처럼 만나
뿌리 깊은 인연 되었으니
덧없는 세월 흐른다 해도
셈할 수 없이 감사한 일이다

가을 인연

어디서 오실까 했어요

각기 다른 길로 왔어도
우리가 만난 곳은
우중충한 날씨에도
정겨움 흐르는 곳이었지요

어떻게 오실까 했어요

낯설음 속에서도
미소 드리운 얼굴
어색함 전혀 없이
설레는 마음 달래야 했지요

어쩌면 그리도 좋을까요

마주 보고 있으니
서로 물드는 마음
살랑대는 갈빛 아래
단풍잎 같은 만남이었어요

바람으로 태어난다면

다음 生이 있다면
무엇으로 태어나면 좋을까

향기 가득한 꽃이 되어도 좋고
훨훨 나는 새가 되어도 좋겠지만
시공 넘나드는 바람이 되고 싶다

솔숲 흔들어 노래 부르고
부서지는 파도 일으켜
바다와 춤추면 즐겁지 아니한가

노 젓지 않아도
날갯짓하지 않아도
먼 곳 어디라도 갈 수 있으니
쉬엄쉬엄 놀다가도 좋겠지만
누구보다 빨리 달려가면 신나지 아니한가

그러다 만약
어디선가 운명 같은 사랑 만나게 된다면
그 이별은 어찌 감당해야 하나

뼈아픈 가슴앓이로
이러지도 저러지도 못하고 사그라져버리면
함부로 바람이 될 일도 아니다

어느 가을날에

앞으로만 걸었던 걸음
오랜 기다림 안고
한적한 벤치 위에 멈춰있다

바닥으로 떨어지는 단풍잎은
슬퍼도 밉지 않은데
싸늘한 바람에 손이 시리다

그리운 사람은
가까이 있어도 안타깝고
돌아가야 할 길은 머지않았지만

서러워도 일어서야 할 때
빈자리에 마음 두지 않는
연연한 뒷모습이 오히려 아름답다

난생처음이야!

제6부

아낌없이 주고 싶은 심정으로
더없이 감사하며 살아가게 되는
이런 인연 난생처음이야!

난생처음이야!

반백 년 TV를 즐기면서
감성 뒤흔드는 노랫소리에
이렇게 맘이 뭉클해지고
아려오는 가슴 주체하지 못해
흐르는 눈물 감출 수 없는
이런 경험 난생처음이야!

한 사람에 대해
알면 알수록 마음 쓰이고
손가락 한구석 가시 박히면
머리까지 저려오는 통증처럼
쓰리고 아파서 자꾸 들여다보게 되는
이런 관심 난생처음이야!

속이 울적해지면
뜻 모르고 듣던 팝송보다
심장이 멎을 만큼 아름다운 클래식
숨소리마저 잡음으로 느껴져
호흡까지 멈추고 들어야 하는
이런 노래 난생처음이야!

그의 음악 듣고 있으면
꿈에서 들리는 메아리 같고
하늘에서 내려오는 부름 같아서
깊고 진한 울림 가까이 담으려
가슴에 두 손 얹고 귀 기울이는
이런 감동 난생처음이야!

진지하고 겸손해서
남을 더 돌아보는 마음 씀씀이에
보면 볼수록 함께하고 싶고
아낌없이 주고 싶은 심정으로
더없이 감사하며 살아가게 되는
이런 인연 난생처음이야!

애인이 되어줄게요

보고 싶은 것이 있으면
당신 눈으로만 볼게요

가까이 보고 싶다 하면
주머니 속까지 다 보여주고

저만치 떨어져 있으라 하면
부를 때까지 기다리고 있을게요

잘 보이지 않더라도
거짓 없이 진실만 말할 테니

눈 마주치면
지체 말고 셔터를 눌러주세요

언제라도 당신 손에 매달려
어디라도 따라갈 테니…

님의 편지

마당에 그윽한
가을빛 따라 그대가 왔소

한 아름 추억 보따리랑
희망을 다짐하는 목소리가
여느 때보다 듬직하게 들리오
전해 듣고 싶은 말이 많아
한 글자, 한 글자
따라 읽으려니 눈시울이 뜨겁소
떨어져 있어도 날마다 생생하게
큰 진심 들려주는 님이여!
정으로 깊어진 촉촉한 음성
듣고 또 들어도
그리움 떨쳐버릴 순 없소
빗물 속에 울지도 말고
홀로 떠나지도 말고

꿈에서 피는 꽃이라도 좋으니
오래 기다리지 않게
떨어지는 낙엽 아래 서럽지 않게
다음 소식 속히 보내주시오

산을 넘는 붉은 노을이
오늘따라 가슴에 사무치오

아름다운 님

어디에서 왔을까?

어둠이 내리기 전부터
동편에서 빛나던 별
밤새도록 은하수 거슬러 올라가
하늘 높이 떠서 새벽을 깨우고 있네

어떻게 왔을까?

풀잎에 맺힌 이슬방울 하나가
온 땅을 적시고 샘물로 솟아나
낮은 곳으로 흐르는 시내가 되어
수없이 구르는 조약돌을 씻기고 있네

무엇 하러 왔을까?

넓은 들 흐르는 강물도
잠자는 솔숲 흔드는 바람도
가던 길 멈추고 서서
님의 맑은 노래 그 품에 담고 있는데

아름다운 님이여!

바라볼수록 그립고
날이 갈수록 차오르는 기쁨이라서
따라 흐르는 물이 되고
따라 부는 바람이 되어
언제까지나 님 향한 사랑이고 싶네

눈 내리는 밤에

밤새도록 내리는 눈이
소복소복 세상을 덮고 있지만
지나온 발자국마다 새겨진 행복은
함박눈으로도 지우지 못합니다

고마워서 눈물 떨어진 자리에
기쁨으로 터지던 꽃 같았던 미소
벅차도록 아름다웠던 날들이
춤을 추듯 가슴으로 날아듭니다

시린 겨울에 만나
따사로운 봄 피워내고
불꽃 같은 여름 태우다가
알알이 가을 속으로 익어간 시간들

처음 자리로 돌아가는 길목에서
마른 가지 위에 송이송이 눈꽃 피우며
꽃 피고 새 울던 우리들의 뜨락을
하얗게 물들이는 겨울밤

그칠 줄 모르는 눈송이들이
까만 밤을 가득 채울지라도
우리가 서로 울렁거렸던 순간들은
언제까지라도 지울 수 없습니다

다른 사람들도 그러할까요?

보면 볼수록 좋아서
보고 돌아서면 또 보고 싶은데
해말간 낮달이 님의 얼굴 같아
하늘을 올려다보기도 뭉클해집니다

다른 사람들도 우리만큼
서로 보고 싶어 할까요?

하나를 주면 남은 것도 주고 싶고
더 많이 주지 못해 안타까운 심정
세상의 좋은 건 무엇이든지
다 해주고 싶은 마음 간절해지는데

다른 사람들도 우리만큼
서로 사랑하고 있을까요?

님 가신 지 벌써 여러 달인데
웃는 얼굴로 돌아온다던 그 먼 날
기다리는 하루가 천년 같아서
날아오는 함박눈을 님 보듯 바라봅니다

다른 사람들도 우리만큼
서로 그리워하고 있을까요?

제비꽃 연가

님이 오신다기에
부지런히 달려갔지만
까치발로 올라서 보아도
마당 끝자락밖에 보이지 않아요

팔을 뻗어보아도
손에 닿는 건 스치는 바람뿐
그리운 얼굴 마주 볼 날
앉은뱅이 하늘보다 더 멀어요

햇살 기울면 그늘에 밟힐까
작은 꽃잎 흔들어보지만
기다려도 만날 수 없다면
멍든 가슴 감출 수밖에…

돌 틈 사이 보랏빛 보이거든
그냥 지나치지 말아주세요
위로 올라갈 수 없는 몸이니
허리 숙여 눈이라도 맞춰주세요

한 번만이라도
수줍게 내미는 손 잡아준다면
무성한 풀숲에 묻힌다 해도
그 자리에서 떠나지 않을 거예요

별처럼 꽃처럼

그대가 별이라면
나는 밤마다 하늘을 바라보리

반짝이는 눈빛으로
얼마나 고운 음성 들려주는지
귀 기울여 속삭임을 들으리

그대가 꽃이라면
나는 아침마다 이슬로 내려오리

향기로운 꽃잎으로
얼마나 예쁜 미소 보내주는지
눈동자에 가득 기쁨을 담으리

별 같은 속삭임으로 밤마다 찾아오기를
꽃 같은 다정함으로 아침마다 웃어주기를

하늘에 떠있는 별보다 빛나고
철 따라 피어나는 꽃보다 아름다워
날마다 바라보며 돌보는 사랑이여

별처럼 빛나고 꽃처럼 아름답게
우리 그렇게 바라보며 살아가리
별처럼 빛나고 꽃처럼 아름답게
우리 그렇게 사랑하며 살아가리

님의 향기

저 산 너머 누가 있기에
남풍 불어오니 꽃잎 흔들리네

님 돌아오신다는 소식
누구보다 먼저 알고
저마다 꽃등 밝혀 바람 앞에 섰네

빨갛게…
노랗게…
하얗게…
세상의 모든 꽃들
다 나와 있어도 충분치 않아

님 그리는 마음
지상에 피는 꽃들에 비할까?

사랑으로 피는 꽃
설레는 눈빛에 담기는 님의 얼굴이
꽃 중의 꽃인 것을

아직 고개 너머 오지도 않았는데
꽃잎에 스치는 향기
기다리는 마음속에 신록으로 피어나네

꽃 본 듯이 오소서!

님이여!
바람 불어 생각날 때마다
님 계신 곳으로 날려 보낸
꽃향기 받으셨나요?

보고 싶다고
부디 무사히 돌아오기만 하라고
새벽이슬 맞으며 방울방울 그려 보낸
그리움 받으셨나요?

집 떠나보낸 날이
어언 스무하루
꽃이 피었다 떨어진 날을 꼽으라면
땅에 뿌려진 꽃잎이 얼마큼인지도 모르는데

어디쯤 오시나요?

님 돌아오는 길에
진땅은 밟지 말고 꽃길만 걷도록
집으로 오는 길목
꽃가루 뿌려놓고 기다리고 있을 테니

님이여!
바람결에 꾀꼬리 닮은 소리 들리거든
지체 말고 달려오소서!
꽃 본 듯이 달려오소서!

그리움의 시간

길 떠나면 생각이 점점 진해진다

먼 거리 떠나오면 떠나올수록
더욱 단단해지는 情의 끈

흰 구름 피어오르는 바닷가에 앉아
발밑에서 뒹구는 파도를 만지며
멀리 떠나온 걸음만큼
끈끈해지는 마음의 거리를 본다

조약돌 굴리는 파도소리는
사랑스러운 님의 노랫가락이고
솔숲 흔드는 바람소리는
보고 싶은 벗님들의 속삭임이다

멋진 풍경 담고 있으면…
맛있는 음식 먹고 있으면…
가슴에 스며오는 다정한 사람들의 향기

허공에 걸린 해 잠시 잡아두고
물 위에 비친 둥근달 퍼 올려서
그리움 가득 채워 마신다

살아있는 순간을 위해 축배를 든다!

붉은 기다림

이제나 오시려나?
대문 열어놓고 바라봅니다
저제나 오시려나?
담장 위에 올라서서 바라봅니다

햇살 기울어
산 그림자 길게 누울 때까지
앉지도 못하고 간신히 매달려
마음만 붉게 타는 능소화

이 밤이 지나면
밤새 내린 이슬에 젖을지라도
바람벽 움켜잡은 손가락은
말라버린다 해도 놓을 수 없습니다

시들지도 않았는데

땅에 떨어져 뒹굴지라도

노을처럼 번지는 기다림은

계절 바뀌어도 멈출 수 없습니다

그대 향한 고백

아무에게나
할 수 있는 고백은 아니겠지요

살아가는 매 순간마다
애틋한 숨결로 깃들어
어디서 무얼 하든지 동행이 되는…

누군가에게 특별한 존재가 되는 것은
바란다고 되는 게 아니겠지만
가슴으로 바라볼 별이 다가온 그날처럼
예측하지 못한 만남도 있습니다

삶의 향기가 사라져가는 뒤안길에서
새로운 빛으로 살게 해준 인연

나는 그대에게
특별한 존재가 아닐지언정
그대는 나에게
특별함 그 이상이 되었기에

그토록 빛나는 별을 사랑해서
生의 끝자락이 초라하지 않게 되었음을
어디서든 자랑스럽게 말하고 싶습니다

그에 마땅할 만큼
그대는 충분한 자격 있으니까요

그리움의 반란

기다림은

설레기만 하는 게 아니었어요

맑은 아침 푸르게 일어났어도

한낮엔 목구멍이 뜨거워지고

해 기울면 눈물로 차오르는 것을…

하루가 흘러 한 달

한 달이 모여 일 년

그리움도 쌓이면 꽃으로 피어나나요?

바라보는 날이 길어질수록

붉게 타는 상사화

오랜 세월 헤아려도
만나지 못할 것을 알기에
기다림도 단풍 지는 가을

모든 길이 지워져 하얗게 되면
멀리서도 알아볼 수 있게
미리 꽃물 들이고 있을게요

님에게 스쳐 간 바람

언제 불어올지 몰라서
선 자리에서 기다려야 했습니다

곱게 물든 단풍잎으로 오실지
높이 떠가는 구름으로 오실지
보랏빛 미소 띤 들꽃으로 오실지…

님이 스쳐 가는 곳이면
어디라도 달려가서
그 흔적 담아두고 싶었습니다

잔잔한 호수 건너서
갈잎 흩날리는 들녘 지나
바람결에 실려온 님의 목소리
꿈속에서 날아온 휘파람인 양
가슴속에 은물결로 반짝이는데

얼핏 스쳐 간 님의 발자취

그리워할 새도 없이 흘러가

뒷모습만 바라보고 있어야 했습니다

상사화

초판 1쇄 발행 2022. 6. 28.

지은이 임승진
펴낸이 김병호
펴낸곳 주식회사 바른북스

편집진행 김수현
디자인 김민지

등록 2019년 4월 3일 제2019-000040호
주소 서울시 성동구 연무장5길 9-16, 301호 (성수동2가, 블루스톤타워)
대표전화 070-7857-9719 | **경영지원** 02-3409-9719 | **팩스** 070-7610-9820

•바른북스는 여러분의 다양한 아이디어와 원고 투고를 설레는 마음으로 기다리고 있습니다.

이메일 barunbooks21@naver.com | **원고투고** barunbooks21@naver.com
홈페이지 www.barunbooks.com | **공식 블로그** blog.naver.com/barunbooks7
공식 포스트 post.naver.com/barunbooks7 | **페이스북** facebook.com/barunbooks7

ISBN 979-11-6545-781-5 03810